Pas de Deux

Relatos y Poemas en escena

Pas de Deux

Relatos y Poemas en escena

Lizette Espinosa

Pilar Vélez

Shely Llanes Bresó

Yiya Ortuño

snow
fountain
press

Miami, Florida

PAS DE DEUX Relatos y Poemas en escena © 2012
Segunda Edición: Miami, diciembre de 2014

Primera Edición: Miami, noviembre de 2012
© Snow Fountain Press
© Lizette Espinosa, Pilar Vélez, Shely Llanes Bresó y Yiya Ortuño

ISBN: 978-0-9885343-0-8

Snow Fountain Press
25 Southeast 2nd. Avenue #316
Miami, FL 33131
www.snowfountainpress.com

Editado por: Chely Lima

Diseñado por: TOP OF MIND S.A.S.

Fotógrafo de la portada: Leopoldo Gómez

Impreso en Miami, Florida por Alta-graphics.com

Agradecimientos a Chely Lima
por acompañarnos en este viaje literario.

Colección: Rasgando el cielo

por Lizette Espinosa

Poemas	**Pág.**
A destiempo	19
La Habana	20
Ser y estar	21
Descalza	22
Espejismo	23
Rostros	24
Alma atrapada	25
Último acto	26
Cuenco donde abrevo	27
Coordenada	28
Un minuto tras otro	29
A media luz	30
Luciérnaga	31
Trasciende	32
Apariencias	33
Días como ríos	34
Aviso	35
Rasgando el cielo	36
Lo que apenas conozco	37
Un minuto	38

Relatos

Voces	39
La tía Nena	42

Colección: Travesías

por Pilar Vélez

Poemas

	Pág.
Cruzó el umbral	51
A un ángel perdido	52
Eres en mi mente	53
A veces siento	54
Abandonarte a tu suerte	55
Olvido el velo	56
Dolor	57
Armonía	58
Criatura perfecta	59
Travesías	60
De barro	61

Relatos

El encuentro	64
Inocencia	67
Caído del cielo	70

Ensayo

Buscando la nueva poesía   74
Una reflexión general sobre la poesía y el poeta en el siglo XXI

Contenido

Colección: Luz de luna

por Shely Llanes Bresó

Poemas   Pág.

Libre   85
La cita   86
Mi grito   87
Brisa   88
Así de repente   89
A la orilla del mar   90
Sin lágrimas   91
La despedida   92
Mensaje de texto   93

Colección: Pan de Alba

por Yiya Ortuño

Poemas

	Pág.
Semblanza	97
Añoranza	98
Amanece	100
Canto a la vida	101
Estrafalario	102
Evolución	103
Inteligencia cósmica	104
Más allá de la poesía	105
Océano. Sol. Agua	106
Ojos que vuelan	107
Pan de Alba	108
La montaña amanece	109
Mi canto perdió su nido	110
Un cielo de mirto y yerbabuena	111

Relatos

Amar	112
Fantasía o verdad	113
Andrea	115
Divagar	117
Las cajas de Brenda	119

Toda lectura, todo enlace entre el lector que se adentra en el mundo —la música esencial— que propone un escritor, ejecuta con este un pas de deux, ese dúo en el que los pasos de ballet son ejecutados conjuntamente por dos personas.

El escritor o poeta propone, establece las reglas que soñó antes de plasmarlas, con la voluntad del explorador que dibuja un mapa en tanto se adentra en la espesura del continente nunca antes hollado. Su propio continente, el que fundó a partir de fragmentos muy íntimos de su ser. Una vez que han quedado abiertos los caminos, el lector sigue los pasos de aquel o aquella que le precedió inventando paisajes a medida que los describía, y es entonces que da inicio la danza en la que el lector se deja llevar y se compromete con personajes y cadencias que enriquecen su universo personal.

En ciertas dichosas ocasiones, para el lector su partenaire se vuelve tan cercano como si hubieran crecido juntos. Y la danza -el libro bien amado- se convierte en mucho más que una historia interesante o unos versos que se repiten en silencio, paladeando la melodía. El libro muta en obsesión y ladrillo de la pared de carga del espíritu, y ahí es que el pas de deux florece en formas que jamás nos hubiéramos atrevido a esperar.

En esta antología que tiene el encanto de lo que nunca ha visto antes la luz, cuatro voces trazan en castellano, ese idioma por completo mágico que heredamos de nuestros antepasados, su propia senda, la tonalidad que llevará a cada lector a sumarse a cuatro estilos diferentes de concebir el pas de deux, ya sea en forma de narraciones breves o de poemas.

Los cuatro autores viven, o han vivido alguna vez, en Miami, así que de algún modo comparten, más allá de sus hermosas variantes, una misma condición a la hora de percibir cuanto les rodea. Sin embargo, por haber nacido en sitios ahora lejanos, tanto en el tiempo como en el mapamundi, llevan consigo experiencias distintas y sintaxis peculiares que se entretejen para conformar la polifonía bajo la que se ejecuta el ballet.

Cuatro ritmos, cuatro miradas, cuatro sistemas solares girando en un solo libro es una medida apetecible. Sean ustedes bienvenidos a la danza.

Chely Lima

Pas de Deux

Una conexión entre dos.

La mirada que atraviesa el corazón del cristal.

El llamado que nos invita a descubrir la esencia de la
creación en el verbo.

La magia de un despertar.

Somos voces que laten en un cuerpo de papel. Latidos
entrelazados que salen a la escena vestidos de imágenes, a
la espera de esa nota que anuncia el comienzo
de este baile inolvidable entre tú y yo.

Lizette, Pilar, Shely y Yiya

RASGANDO EL CIELO
Lizette Espinosa

Lizette Espinosa

Poeta cubana nacida en La Habana, Cuba, en 1969. Actualmente reside en Miami, Florida. Ha desarrollado su vida profesional en el campo del diseño aplicado a la arquitectura y la ingeniería.

De formación literaria autodidacta, reconoce en sus primeros poemas, escritos en la adolescencia, la influencia de la poesía de Dulce María Loynaz. Luego de cursar talleres literarios y estudiar a profundidad poetas contemporáneos de habla hispana, su obra toma un nuevo giro y adquiere una madurez que es claramente visible en su actual proceso creativo.

Poemas y relatos suyos han aparecido en publicaciones periódicas en Estados Unidos, Colombia, Argentina y España. Su primer poemario, titulado Despertares, se encuentra en proceso de terminación.

Es integrante de Asociación Internacional de Arte y Cultura Hispana en Miami (AIPEH Miami).

A DESTIEMPO

De la piedad renace este día de
infinito sobresalto.
La compuerta se abre
y no atino a moverme,
mis pies han olvidado andar
sin el peso de los miedos.
La levedad asusta,
y el júbilo humedece de temores
a unos labios resecos de silencio.
Es preciso que el sauce llore
sobre mis hombros
los secretos del mundo,
y el duende me confíe
la llave de los tiempos.
Para encontrar a aquella que yo era,
antes que anocheciera.

LA HABANA

La Habana es hembra
de ventanas abiertas
que seducen al viento.
Es girasol cargado de plegarias
a una *Oshun* que danza entre lamentos.
La Habana es negra del ocaso impuesto.
Es balcón insinuante. Es sol en el mechero.
Es la sal en los labios aliñando el recuerdo.
Es el álbum de fotos.
Es adiós y amuleto.
Es pila de bautismo.

Es donde duermen,
padre, tus huesos.

SER Y ESTAR

Cerrar, abrir los ojos.
Creer que lo que veo
está ocurriendo.
Eso que me deslumbra
y que también me mira,
del otro lado del viento;
con célibes verdores
y luces matinales
rodeándome en silencio.
Cerrar, abrir los ojos.
Parpadear otra vez mi desconcierto.
Y sentir que es verdad
que estoy despierta, y viva.
Naciendo en otro día
desnuda y sin aliento.

DESCALZA

Descalza.
Para sentir del prado
La humedad de su lágrima.
Y mojarme los pies en el frio
alarido de la tierra,
recorriendo despacio sus
senderos de duelos y postigos.

Descalza.
Con la virginidad apaciguada
en sus misterios, en sus grutas
con verdes cortinas de miedo.
Sembrando en cada pena
una canción desnuda.
Un beso de mis pasos embarrados
de alas de cometa.

Descalza.
A la deriva, al viento, cuesta abajo.
Rodando sobre el lomo de su vasta espesura
de historias y cruzadas.
Vertiendo en la acritud de su angostura,
el tibio amanecer de mi naufragio

ESPEJISMO

Te pienso, te veo.
Y estás, y siempre vas
aunque yo nunca llego.
Te sueño, me sueño.
Y voy y no te encuentro
porque ya estabas dentro.
Visceral y palpable.
En todos mis destinos,
en mis manos, mis cruces.
En el sorbo que bebo
y que a su vez me bebe.
En el fondo más hondo
de todos los espejos.
En todos mis relojes
que sobornan al
tiempo.
Y no ves lo que veo,
ni sueñas lo que sueño,
pero vas y me alcanzas
en el agua que borra
de mi cara este ensueño.

ROSTROS

Hay un rostro que busca
su rostro en el espejo.
Similitud tallada,
engaño de un reflejo.
Resbala sobre el vidrio la pena,
de un perfil que se deshoja
de perfiles sobrepuestos.
¡Se busca una sonrisa!
Se apuesta por un sueño.
Un rostro le devuelve
la mirada de extravíos,
ojos sin luz ni fondo,
que persiguen por fuera
lo que no encuentran dentro.

ALMA ATRAPADA

Busca en la piedra el artista
al alma que yace oculta.
Atrapada luz, difusa,
voz entre vetas y aristas.

Con sabio tacto y pericia
halla su mano el latido,
cántico, grito, gemido,
que en cautiverio palpita.

Desflora el cincel, desviste,
con magnifica destreza
del mármol cantos y piezas,
que a caer no se resisten.

Y surge a la luz la forma,
caprichosa que se asoma
exhibiendo sus matices.

ÚLTIMO ACTO

Del pensamiento al hecho
el postrero gesto de la sombra.
Retenido el aliento,
aletargado el párpado que aspira
a perpetuar el instante esbozado.
Un frio de lejanas sucursales
se ha albergado en la nuca.
Y la penumbra se encarga
de inhalar el momento.

CUENCO DONDE ABREVO

Tu nuca de auroras,
refugio de besos,
donde se resbala la mirada.
Cuenco donde abrevo.
Cuna de mis alas.
Paz, en la tersura derramada.
Tu nuca de océanos,
donde me sumerjo,
desvestida de ritos y palabras.
En busca del tímido aroma sepulto,
que florece y resucita en mi garganta.

COORDENADA

En esta coordenada en la que existo
se ha detenido el tiempo.
No hay ciudades,
ni espejos.
No hay estaciones,
ni astros, ni elementos.
No hubo un ayer,
no habrá un mañana.
Sólo existe este instante,
este segundo quieto,
consternado y sin habla,
que permite la locura
encauzar mi pensamiento.

MINUTO TRAS OTRO

El segundo minuto es igual al primero,
el tercero tropieza contra el vidrio
y rebota en mi rostro,
muchos años más viejo.

De la ballesta escapa la flecha amordazada,
y no se escucha el grito.
Se ha clavado en el péndulo
del reloj de pared donde ya nadie habita.

La luna es un recuerdo
guardado en una caja
que nunca más se ha abierto.
Duermen en ella luces de bengala,
a solas con mis ojos que se han quedado dentro.

A MEDIA LUZ

A media luz los ojos.
A medio tono el beso.
A solas con la muerte
que cabe en el abrazo.
Casi muriendo, casi
naciendo de los labios
que bordean el grito derramado.
A solas con la noche,
entrelazando manos
que se pierden debajo
de un milagro.
A gotas las palabras que no se dicen.
Y a cántaros los deseos
comulgando.

LUCIÉRNAGA

No te apagues, luciérnaga
de mi bosque encantado.
No dejes que tu luz se duerma
entre guijarros a la orilla del rio.

Arráncale a la luna ese pedazo tuyo
de destello y rocío,
que cuelgas en las hojas y pintas
en las negras noches de desamparo.

No dejes de vestir, candil de los caminos,
tu fulgurante velo de novia prometida.
Y derrama en la pena del terreno baldío,
el celeste esplendor de tus pupilas.

TRASCIENDE

Trasciende.
Más allá de la marea que marcha
llevando las risas a su espalda.
Más allá de la noche desvelada,
noche de gallos y soles revueltos en la cama.
Más allá del telón que abraza al escenario,
trasciende la esperanza.
Permanece el sabor almacenado y quieto.
La añoranza punzante del minuto evocado.
Permanece la antorcha parpadeante,
acechando el sendero tejido de brumas.
Vigilia de la espuma de un mar que vuelve solo,
a sembrar en la orilla su cruz y una oración.

APARIENCIAS

Hay en lo que se calla voces que gritan.
Rostros tiesos, atadas criaturas clamando su
existencia agujereada.
Intimidado el gesto de lo auténtico,
de la espontánea elocuencia de las sombras.

Hay en lo que se jura
un coro de violines pululando.
Descoloridas máscaras, risueñas.
Dedos cruzados.

DÍAS COMO RÍOS

Corren los días,
corre la vida como agua entre las piedras.
Rio abajo la magia del rumbo aventurado,
incierto cauce de angosturas y brechas.

Salpica al regocijo de su marcha,
la transparencia de niña emancipada.
Que desata en la corriente el ansia
de venideros saltos y vaguadas.

Sinuoso recorrido, oscuras ramblas,
alertan la quietud de los fluidos.
Estallando en torrentes, remolinos,
que encuentran en el mar la eterna calma.

AVISO

Te aviso que arderás,
sin más brasa
que el propio pensamiento.
Alentada la llama por el soplo
de antiguas terquedades.

Te advierto lo difícil
de hallar la claridad dentro del caos.
La pálida visión de una ordenada
comunión con la luz que vive dentro.

¡Cuánto se vuelve ceniza!
Cuánta insípida premura
se funde al calor del cirio
que aguarda al final del tiempo.

Mariposas recluidas
aletean sofocadas,
sobre el día que se extingue
al dorso de los lamentos.

RASGANDO EL CIELO

El ave rasga la fina piel del cielo.
Hurga curiosa en la alcoba
del mayor de los misterios.
No sé lo que ve, no atisbo,
señal alguna en su vuelo
de regocijos o dudas.
Pero advierto que se aleja
sigilosa de la tierra,
anhelando las alturas.

LO QUE APENAS CONOZCO

No conozco de la lluvia,
más que su estela de exóticos aromas,
de verdes exaltados y tierra complacida.
No conozco del rio,
más que la risa de sus aguas
jugando entre las piedras.
No conozco del sol,
más que esta piel de tibieza acogedora
y rubores antiguos.
No conozco de la vida
más que esta risa matutina,
este andar venturoso y sofocado,
estas ganas de todo y de tan poco,
este miedo y esta magia,
este clímax que alcanzo
en el verso que me alcanza,
preludio de un cielo prometido
del que solo conozco,
este instante con vos.

UN MINUTO

Un minuto de silencio
para sesenta latidos.
Un minuto y no respiro,
un minuto el gesto en vilo.
Una espera de compases,
un piano agónico,
un tiro.
Una sombra que transpira.
Un minuto y ya es olvido.

VOCES

Arrastraba caracolas envueltas en una vieja red de pescador. Arrastraba burlas y silbidos de los que se deshacía con un gesto prestado, sin dejar que detuvieran sus pasos.

Bajo su infantil desaliño se adivinaba hermosa, con facciones serenas y también algo sucias. Más que andar se diría que bailaba, que levitaba desafiando al mundo con sus rebeldes crespos rojos. Su mirada parecía haber quedado colgada en otro tiempo, de donde aparentaba no querer partir. Siempre distante, envuelta en un velo que la aislaba del presente, que la convertía en inalcanzable y remota.

La primera vez que la vi fue una tarde, mientras caminaba por la orilla del mar. Un poco antes de la puesta del sol dejaba que mis pies jugaran con las olas que iban y venían a besarlos. Tan distraída estaba contemplándolos, que al mirar hacia adelante casi tropiezo con ella, que ni se percató de mi presencia. Parecía a la espera de un acontecimiento importante; caminaba con agitación de un lado a otro sin dejar de mirar al horizonte. Ansiosa, desesperada por algo que aparentemente no acaba de ocurrir.

Sus manos jugaban a atar y desatar la vieja red de pescador. La extendía sobre la arena y al instante volvía a recogerla, luego se paraba sobre una roca y colocaba una mano sobre sus ojos para hurgar en el horizonte una vez más. Repitió una y otra vez los mismos gestos sin equivocar jamás el orden.

Sentí curiosidad por saber lo que esperaba con tanta expectativa y decidí tumbarme en la arena, así aguardaría lo que estaba por suceder. De cualquier modo, el sol estaba a punto de ocultarse y no quería perderme aquel espectáculo, que tenía fama de ser único en ese lado de la costa. Fue entonces que me fijé en lo raído del pareo que usaba, que a duras penas cubría parte de sus bronceadas piernas, así como en el viejo bañador que en algún tiempo debió ser de un naranja intenso. Tenía una grácil figura, marinada perennemente por la sal de la playa.

Nada extraordinario sucedió. El sol comenzó a ocultarse, y en el silencio que reinaba pude escuchar el susurro de ambos amantes: Fuego y Agua.

La chica empezó a agitarse sin que yo pudiera percibir el motivo. No creí que el atardecer generara en ella tamaño alboroto. Las olas comenzaron a alcanzar mayor altura y fuerza; sus embestidas devoraban cada vez más territorio de la costa. Tuve que alejarme de la orilla para no ser alcanzada por una de ellas.

La marea subía, y el sol se dejó abrazar por el azul intenso y profundo de las aguas. Se entregaron uno al otro en completa comunión, fundiéndose en un solo eco, un solo estallido y una misma voz. Entonces la arena se llenó de ofrendas; el océano las presentaba a los pies de la tierra, depositando en ella caracolas de diversos tamaños y colores. Nunca vi un espectáculo tan hermoso. El destello de luces y sombras que se proyectó en el cielo como consecuencia de aquella unión se reflejó en cada gema de calcio, jugando con sus formas y prestándole un aspecto mágico.

Ella corrió a buscar la red para guardar las caracolas, sin apenas mirarlas o escogerlas; todas iban a parar a su interior a una velocidad irracional. Las acaparaba y empujaba con los pies para evitar que el mar las devorara en su ímpetu. Sentí deseos de ayudarla. Parecía tan feliz y al mismo tiempo angustiada en su lucha por retener la mayor parte, que no pude evitarlo y fui a ofrecerme a recogerlas junto a ella. La chica se asustó al sentir mi presencia, y sin pronunciar una palabra me detuvo con un gesto de la mano y continuó su búsqueda.

Unos jóvenes que se acercaban comenzaron a

gritarle insultos. La llamaban loca, amenazándola con quitarle la red ya casi repleta. De repente quise defenderla, no veía razón para herir a aquella inocente criatura que solo recogía caracolas. Ella no se defendió, comenzó a llorar y a suplicarles con gestos que la dejaran.

Con una fuerza desconocida arrebate la red de las manos de aquellos bribones y les exigí que se fueran o llamaría a un guardia. Al principio se consternaron sin saber que hacer; solo cuando me vieron agarrar una piedra y amenazar con lanzarla fue que se marcharon. No sin antes vomitar otra cantidad atropellada de agravios.

Ella temblaba; sus cabellos de un rojo intenso brillaban anegados en agua. La red se había roto en la lucha y muchas caracolas habían caído. Emitió un sonido que más que llanto recordaba a un grito truncado, un lamento mutilado y sin ecos. Parecía delirar, se quitó el pareo y arropó en el las anacaradas joyas que aun el mar no había tragado. Las acunó, acariciándolas con sus manos temblorosas.

No supe que hacer. Sentí mi corazón tan apretado al semejante dolor y desconsuelo que solo pude imitarla: me despoje del camisón que me cubría y guarde en el las que alcance a recuperar. Fue así que nos sorprendió la noche. Sin intercambiar ni una palabra. Exhaustas y rodeadas por cientos de caracolas que ella colocó una a una junto a su oído para luego desecharlas. Las lágrimas corrieron por sus mejillas cada vez que lanzaba una de vuelta al mar. Sus manos jóvenes las tomaban con amor maternal.

Nunca he podido olvidar aquella noche. Nunca he podido olvidar a aquella hermosa joven cuya única razón de existir consistía en escuchar con cuidado cada atardecer, las voces que se ocultaban en las caracolas que llegaban del otro lado del mundo, para ver si en una de ellas regresaba su voz. Que había perdido años atrás, cuando naufragó en aquella isla donde ahora la llamaban "La loca de la costa".

LA TÍA NENA

Cada vez que mi pensamiento escapa a hurtadillas para recorrer aquellos memorables días de mi infancia, su imagen se me aparece escoltada por un afecto casi doloroso. Lo primero que recuerdo siempre son sus manos, aun tersas a pesar de la edad, blancas y pulcras, rayando en la perfección, con sus uñas esmaltadas de colores atrevidos. Costaba trabajo relacionar sus finas manos con aquella pasarela de gritos coloreados, viajando desde el rojo bermellón al purpura.

La llamaba tía Nena, sin preocuparme de que no fuera una tía heredada, de esas con títulos de propiedad que atan más que la misma sangre. Ella era otro tipo de tía, bautizada de esa forma por la espontánea y libre devoción de un niño de doce años. Me complacía la forma en que se desvivía por mí y por mi padre cada vez que la visitábamos; éramos los únicos de la familia que nos atrevíamos. Nos colmaba de atenciones y pequeñas exquisiteces hechas por sus propias manos; cocinar era uno de sus tantos talentos.

Había un misterio en ella que me atraía; era diferente a las demás, envuelta siempre en vaporosos ropones y saltos de cama tan exóticos que parecían de exhibición. Jamás vi a otra mujer de la familia usar prendas como aquellas.

Quizás por eso, estar de visita en la casita que compartía con mi tío en la barriada de Mantilla, era como estar en una sala de cine, viendo una película llena de imágenes totalmente nuevas para mí.

Siempre iba maquillada, impecable, "Para agradar a su hombre", como solía decir entre risas. En el instante en que se percataba de nuestra llegada corría a cambiarse de ropa, y regresaba con un atuendo algo más conservador pero igual de colorido, envuelta en una nube de aromas que llenaba la casa y perturbaba mis sentidos.

Era una mujer alegre y divertida, llena de ocurrencias y gratos gestos de cariño y gratitud. No sé si sería por el hecho de no haber tenido hijos, pero me mimaba de una manera en que n a d i e lo hizo nunca. Una mujer buena pensaba llena de entusiasmo por la vida y amor para regalar. Nos queríamos de una forma especial. Los dos sabíamos que nos teníamos aunque el resto del mundo desaprobara nuestro afecto. Sin embargo, una lluvia de tristezas antiguas amenazaba siempre con enturbiar su mirada, aun en las conversaciones más animadas, alerta siempre, para caer en cualquier instante, robando el brillo natural de sus ojos pardos.

Una tarde, mientras nos servía una deliciosa merienda que decía haber acabado de aprender a elaborar, me atreví a asomarme a su dormitorio. Más que a un simple dormitorio parecía haber entrado al camerino de una actriz.

Las cortinas espesas y de un rojo oscuro no dejaban traspasar mucha luz, pero después de unos minutos acostumbrándome a la penumbra, pude percibir la magia que reinaba en aquella estancia.

Había cojines dispersos por todos lados, lo mismo sobre la amplia cama que en el suelo. Hermosos jarrones llenos de flores sobre mesitas antiguas, y sobre la coqueta, una variedad enorme de joyeros semiabiertos, con prendas que sobresalían y parecían gritar para que las liberase. Collares de perlas, camafeos, y pasadores que jamás vi en los atuendos de mi madre. Así como lápices labiales, abanicos y hermosos envases de perfume. Pero lo que más llamó mi atención fueron los retratos. Llenaban todas las

43

paredes, y al mirarlos, sentía que me llamaban. No estaba seguro de que fuera ella; era muy joven y atrevidamente bella, maquillada de una manera que confundía. Me parecía estar viendo a una estrella de cine en sus tiempos de esplendor, con el vestuario propio de las mujeres que enloquecen a los hombres.

Sentí pasos que regresaban, y la voz de mi padre llamándome. Tuve que dejar mi embeleso tirado sobre uno de aquellos cojines. No sin antes tomar de la coqueta una de las prendas, y ocultarla en mi bolsillo.

Muchas horas después, solo en la privacidad de mi habitación, fue que pude observar con detenimiento lo que había permanecido hasta entonces oculto. Un camafeo de plata, en cuyo interior dos jóvenes apasionados se besaban mientras eran perpetuados por el lente de una cámara: El tío y la tía Nena, despojados de la huella de los años que ahora los marcaba drásticamente. Desinhibidos y auténticos.

Nunca pude explicar el impulso que me llevó a apropiarme de aquello que no era mío, y de tal imprudencia se derivaron consecuencias nada gratas para mí. Sin embargo, me sentía feliz; tenía un secreto, un tesoro que sacaba a la luz de vez en cuando para observarlo detenidamente e incluso olerlo, pues pareciera que tuviese impregnado en el metal su perfume predilecto. Era como tener a la tía siempre a mi lado.

No pude disfrutar mucho tiempo de aquel objeto tan preciado, porque mi madre lo descubrió bajo mi almohada una mañana mientras cambiaba la ropa de cama. Al parecer, lo había ocultado allí la noche anterior antes de que el sueño me venciera, y quedó olvidado al día siguiente en la premura de salir para el colegio.

Poco faltó para que se iniciara la cuarta guerra mundial. Fue la primera vez que me castigaron con tanta crueldad. Sabía que había hecho algo indebido, pero nunca imaginé que aquello desatara aquel alboroto en la familia.

Fui alejado de mis amigos, de mis juegos diarios, incluso de mis comidas favoritas. Pero, asombrosamente, el más censurado fue mi padre. Por alguna razón que no llegaba a comprender, mi madre y el resto de mis tíos lo acusaron de traidor, e incluso de haber cometido un acto inmoral. No entendí nada, y mis disculpas y promesas de no volver a hacerlo nunca más no aplacaron el vendaval que ya se había desatado.

Así pasaron interminables días, viajando de la algarabía al silencio sepulcral. Mis padres no se dirigieron la palabra por mucho tiempo, y yo seguí castigado un poco más. Solo me era permitido salir para ir al colegio. La casa parecía estar de luto.

Una tarde, a la salida de la escuela tuve una inesperada sorpresa; la tía Nena me esperaba al otro lado de la calle, tratando de pasar inadvertida, aunque era casi imposible por lo llamativo de sus ropas.
Sentí una mezcla de vergüenza y euforia; era la primera vez que la veía después del incidente, y a pesar de la alegría, la culpa ensombrecía mi entusiasmo. Mi primera reacción fue seguir en la bicicleta rumbo a casa fingiendo no haberla visto, pero ella adivinó mi intención y me interceptó en mitad de la calle.

— Tengo que hablar contigo Jorgito —, dijo mientras apoyaba sus magníficas manos en mi antebrazo.

— Perdona tía, yo solo quise…

— No te preocupes, cariño mío, no importa lo que hiciste, solo necesito contarte algo.

— Pero es que… estoy castigado, no me dejarán ir a verte.

—Mañana, inventa alguna excusa y sal un poco antes de clases. No me tomará mucho tiempo lo que tengo que decirte.

De más está decir que aquella noche el sueño no se asomó a mi dormitorio ni por un instante; la cabeza me quería explotar tratando de adivinar lo que latía quería contarme con tanta premura. Hice miles de conjeturas, pero ninguna, absolutamente ninguna se acercó a la verdad que conocí al día siguiente.

Nunca más volví a verla. En la mañana, supe por mi padre había abandonado la ciudad esa misma noche, a insistencia de mi tío. Él se sintió culpable de todo cuanto nos había sucedido, y no quiso exponernos más a la vergüenza.

Fue de esa forma que supe la historia. Entre torrentes de lágrimas y suspiros que no podía controlar.

Mientras apretaba en el interior de mi mano el camafeo de plata. Las palabras de mi padre taladraron mis oídos, sentía como se multiplicaban las silabas al chocar contra las paredes de mi habitación, regresando en forma de ecos y de voces que venían de otros sitios. A duras penas pude entender algo de lo que intentaba explicarme con las palabras más amables que pudo encontrar.

El tío conoció a la tía Nena en una casa de mujeres que se dedican a hacer felices a los hombres, allí la vio por primera vez y nunca más se despegó de su mente, de su corazón, ni de su vida. Se enamoró en el primer instante en que la vio. Ella era casi una niña, apenas conocía de la vida y mucho menos del arte de amar y dar placer. Había sido abandonada en aquel lugar por unos parientes que ya no podían seguir cuidando de ella, prometiendo que allí se ganaría la vida haciendo costuras como solía hacerlo en el pueblo donde había vivido hasta entonces.

Nunca vio una aguja en aquel lugar. Nunca nadie le encargó enmendar una prenda de ropa, ni poner un botón. Eran otros los favores que le eran pedidos. Favores que ni siquiera sabía cómo dar.

El amor del tío pronto fue correspondido. Era el único que la respetaba y cuidaba de ella. Incapaz de ponerle un dedo encima y pagando lo que fuera para que nadie más la acompañara. Entre los libidinosos rincones del placer de aquel lugar de entre los gemidos y susurros ocultos tras las paredes de aquellas habitaciones, nació su pasión verdadera. Nació un sentimiento que fue llenando todos los vacíos. Superando las expectativas y pasando por encima de las antiguas y rectas normas. Nutriéndose de las objeciones y haciéndose más fuerte cuanto más prohibida.

Así llegó a nuestra familia. Huérfana de agasajos, despojada de atenciones y sonrisas. No era nadie, y tristemente nunca lo fue para los míos, hasta que llegó a mi vida. Hasta que un niño de doce años la bautizara como tía Nena. Advirtiendo en sus ojos, tras la cortina de penas, un manantial de bondades y gentilezas. Un corazón arrugado que clamaba por amar y ser amada.

Una criatura especial, que supo llenar mis días y mi infancia, hasta colmarla de tal manera de dichas, que aún hoy, a mis casi sesenta años de edad, cuando mi pensamiento escapa a hurtadillas para recorrer aquellos memorables días, su imagen se me aparece escoltada por un latido que nunca más querré apagar.

TRAVESÍAS
Pilar Vélez

Pilar Vélez

Escritora colombiana, nacida en Santa Rosa de Cabal. Desde temprana edad mostró inclinación por el arte poético, inspirada en la temática social, el amor, la espiritualidad y su pasión por la naturaleza, aspectos que han prevalecido a lo largo de su obra. Su poema *"A letter to my dream"* fue seleccionado como poema institucional de la Fundación Girls Going Places de los Estados Unidos. Es autora de *Soles Manchados* (Snow Fountain Press, 2014).

En julio de 2012 obtuvo el Primer Lugar en Narración y Mención de Honor en Poesía, en el XXI Concurso Literario convocado por el Instituto de Cultura Peruana (ICP). En 2011 obtuvo Mención de Honor en el Certamen Internacional de Literatura Infantil convocado por la Editorial Voces de Hoy. Ha participado como poeta invitada en varias antologías poéticas nacionales e internacionales.

Se graduó como economista y obtuvo un Máster en Administración de Empresas en la Nova Southeastern Univesity. Es miembro de Sigma Beta Delta Honor's Society, participa como mentora para niñas, dicta talleres de plataforma y marketing para escritores, así como de escritura creativa para jóvenes. Fundadora y directora del Capítulo AIPEH Miami de la Asociación Internacional de Arte y Cultura Hispana. Promotora y organizadora de eventos literarios y culturales en la Florida. Ha sido invitada a presentar diferentes ponencias y charlas sobre asuntos relacionados con el movimiento literario. Es embajadora de Mujer Poeta Internacional. Fundadora y Directora de la Celebración Internacional del Mes del Libro Hispano. Actualmente trabaja en dos proyectos literarios, su primera novela titulada *Expreso del Sol* y un libro de Plataforma de Marketing.

CRUZÓ EL UMBRAL

Buscó entre los fósiles de su cabeza.
No quedaba mucho.
Un par de fantasmas verdes, sin nombre,
que algún día la vieron dando brincos
y jugando a la rayuela.
El frasco boquiabierto, sin luciérnagas,
los cintillos de crochet,
unas canicas y un mechón de rizos sueltos.
La lagartija purpura
que ocultaba en la almohada,
aquel juguete viejo despintado
que colgaba de milagro en la pared.
Y la muñeca tuerta que escondió durante años
debajo de la cama.
¿Dónde estaban?

Solo una chispa de sangre en la neurona.
La mujer moribunda,
buscando a la niña por última vez.

A UN ÁNGEL PERDIDO

¿Qué monstruo se esconde bajo tu piel?
¿En qué trampa has caído
y me arrastras hacia ella?

Aléjate de mí, frágil caricia,
último asomo de mi abril.
No quiero romperte con mis ojos.

Tierna criatura,
¿En qué paraíso te robaron las alas?
Levántate de tu cuna carcomida.
Huye al cielo que imagino,
donde nada pueda alcanzarte.
Rincón dormido
en el que vuelves a ser ángel.

ERES EN MI MENTE

un muro
que se resquebraja.
La injusticia de una memoria infiel,
que se resiste a la huida
y se obliga a reconstruirte,
con la poca arena que le queda.
Me enreda tu nombre
y trae a mi espacio tu espejismo,
porque no sabe hacerlo de otra manera.
Esta vez, déjale creer que lo logra.
Que este suave aroma a calle mojada
es tu colonia.
Y que esta tribulación que la consume
no le pertenece.
Déjala que se arrastre y que te toque.
Hazle creer que no explota la burbuja.
Róbale el sonido
a esos pasos que se acercan y se alejan,
transeúntes de este eterno pasillo
de asientos en espera.
Cruza el portón al final del infinito.
Fúmate un último cigarro
y no me despiertes al marcharte.
Cuando amanezca,
serás de nuevo
ese muro en mi mente.

A VECES SIENTO

que tengo que rescatarte,
hombre en el que habito.
Sacarte de la cueva,
romperte la cripta a puño limpio,
remover la historia
que te oculta el rostro.
Apuñalear sin piedad
al Goliat maldito de tu ego.
Demasiados años
encorvaron tu espalda.
arrodillaron tu sombra.

¿A dónde crees que vas con tanta prisa?
Volando los días.
Perdiendo la sonrisa.
Eres un libro antiguo de páginas colgantes
y tu corazón apenas si galopa.

¿Es acaso la angustia del mañana,
o es la contaminación que anestesia
a esas almas que ya están dormidas?

A veces quisiera olvidarme de este cuerpo,
de estas manos.
Abandonarte a tu suerte.

ABANDONARTE
A TU SUERTE

para que nada te sea ajeno.
Ni el campo rasgado de trigo hambriento,
ni las municiones de tu boca,
conciencia sin conciencia de tus actos.
Con su cruz y la bandera que te arropa.
Otro harapo.
Quisiera sacudirte tan fuerte
que se te caigan las letras y el péndulo.
Liberarte de la zozobra del futuro.
Sus tentáculos ponzoñosos
engarzan a los días como insectos.

Hombre: hombre de mí mismo.
Deja que el viento sople su aliento de recuerdos.
Que el espíritu se goce de tu cuerpo.

¡Suelta el cántaro!

OLVIDO EL VELO

que se oculta en mi ventana,
la agonía de las tardes de diciembre,
al loco desahuciado de lo impuesto,
al hombrecillo que salta en la hoja de papel.

Y me rompo en la fuerza voraz de
mis hombros emplumados.

DOLOR

La luna es una guadaña afilada
que cercena mi osamenta.
El vértice de una estrella clavado en mi retina.
Y lo que queda de mi cuerpo
recogido como oruga,
es un caparazón de lamentos acolchados
que disimularán el golpe
cuando caiga de la mesa.

El polvo no grita

ARMONÍA

Cuando tu mano se posa sobre la mía, me
habla en secreto sobre rituales
que solo las manos conocen.

Cuando están juntas,
se desnudan de la piel y nos descubren.
Son caballos briosos,
águilas que aman las alturas.
Árboles que aguantan la tierra
con su sombra y sus raíces.
Pescadores que desafían la tormenta,
niños que juegan, inocentes.
Son panes, peces y caricias enredadas.

Se entregan, se llaman, se buscan.
Se conocen desde siempre.

Son el lenguaje de la armonía.

CRIATURA PERFECTA

*"Torturar a un toro por placer, por
diversión, más que torturar un animal,
es torturar una conciencia".*
Víctor Hugo

Un poco de dios,
condenada al encuentro con el hombre.
Ensarta mis pupilas en sus astas
y con sus cascos de acero
me descobija de la tierra.
Un vaho de miedo le vibra en el hocico.
Su cuerpo incandescente
arremete como un trueno.
De frente. ¡Morirá!
Porque ese es su designio.

La imagen se pierde
en el reflejo de la sangre

En esta tierra no hay cabida para dioses.

TRAVESÍAS

Doy brincos,
salto calles y autopistas
con los ojos abiertos o cerrados.
Me pierdo en el sonido de las aguas,
en el gorjear de los pájaros
y en el olor dulce de la tierra cuando llueve.

Mi brújula sigue su propio derrotero.
Huye de la realidad, prefiere sueños.
Aprendió a leer aguas quietas,
a cobijarse con las sombras,
y a racionar alegrías para soles grises.
Mi ruta de incansable peregrina
guarda caídas y vuelos.

Bailo como un trompo halada por la cuerda.
Olvido las penurias de mi carne,
y desafío sin miedo a la fuerza de los vientos.
Segura estoy de aquel soplo generoso
que surgirá en cualquier esquina,
cuando necesite alas nuevas
para retomar mi travesía.

DE BARRO

Regresaron los pasajeros del otoño
vestidos con sus trajes emplumados.
Pareciera que llevaran en sus picos el
clamor de una tormenta.
Su burla en coro me lo afirma.
Partirán mañana. Hoy tal vez.
Sin despedida.

Y surcarán el cielo como
pájaros de barro.

¿Y yo?
Yo me olvido del mal tiempo
y me aferro a los zafiros
desertores de la noche,
que asoman como luces de bengalas
en tu cara de luna llena.
Ingenuos moscateles
que se creen testigos de lo eterno.

¿Cómo he de dejarte aunque quisiera? Si
perdería el compás de mis andanzas.

Yo sería uno de esos pájaros sin regreso.
Tú lo sabes.

Si ese Nilo travieso
que resbala en tu mejilla
cae en mi abismo
como una avalancha de pesares.

Tus ojos,
migajas de gloria,
vitral en el que Dios se asoma para verme
solo son dos gotas de barro.

Tus manos febriles
que me sirven de barca y atarraya,
antídoto que desvanece los estragos
de las noches voraces que me azoran,
también son de barro.

Sobre ti cae la escarcha,
las estaciones del futuro,
y los molinos de viento
que nos borran el rostro.
¿Y yo?
Yo me apego a tu mástil fatigado
para que no me arrebate la ola.
Me abrazo a tu cuerpo con locura
y veo como se deshace en mis manos
porque también es de barro.

Solo tu voz
parece que no lo fuera.
De entre el polvo te levantas en susurros,
aunque no te vea ni te oiga.

La hoguera de tu garganta
resopla en mi oído,
como un rio de mieles
escurriendo pegajosa por mí oreja.
Y allí estás,
como si estuvieras.
Tu eco me arrulla ahuyenta
tempestades,
para que mis pies de barro,
no se desmoronen con la lluvia.

Los cuervos se van lejos.

Sabes que es efímero el destino
para un pájaro con las alas
ancladas en tierra.

EL ENCUENTRO

No supe cómo ni cuándo, las calles alternas y los postes eléctricos desaparecieron de mi vista. Me vi caminando por una ancha autopista de nieblas alargadas y entré en pánico. Las voces y los rostros habían desaparecido. Aligeré el paso y corrí de un lado al otro como un loco. Intenté encontrar el borde, el orificio desde el cual podría saltar y caer en cualquier parte; quería escapar, pero la nube no tenía confines. Mis manos, empuñadas con fuerza, golpeaban y se debilitaban peleando contra el vacío. No había nada. Solo la densidad entrando a chorros por mis oídos, por mi nariz, borrándome el cuerpo poco a poco.

Fue entonces cuando la puerta emergió del fondo gris y sentí un gran alivio. No podía creerlo: Era mi puerta; aunque estaba descolorida y había perdido muchas de las finas tallas esculpidas por mi abuelo y mi padre, el nogal guardaba con estoicismo el paso indolente del tiempo.

Me incliné despacio, levanté con cuidado el viejo tapete de cabuya entrelazada que yacía como una sepultura, enterrado frente a la puerta, y tomé la llave, aprisionándola en mi mano. Sentí como si los tres la estuviésemos recuperando del abandono. Fue entonces que recordé el día en que mi padre me la entregó, al cumplir yo los siete años. Estábamos cenando y me dijo que me acercara para darme un regalo. Me sorprendió mucho saber que no se trataba de un juguete o un bate de beisbol, sino de una llave amarrada a un viejo cordel. El mismo me lo ató al pasador de mi correa, al tiempo en que el abuelo Marco sonreía y me daba una palmada en el hombro. Supe que se trataba de un obsequio importante por la forma en que me miró mi madre, pero no sabía con exactitud de que se trataba, aparte de no tener que volver a tocar a la puerta, y si me lo dijeron juro que lo olvidé.

Mientras corría por las calles como cualquier joven, se fue deshilando mi inocencia; el mundo me abrazó como una manta pesada y me hizo olvidar aquellos tesoros con los que había nacido y los que me habían sido entregados. Lo único que parecía intacto era la bendita llave. Crecí con ella anudada al pasador de mi correa porque nunca me cupo en los bolsillos. Me cuidé de no perderla y tal como me fue entregada la devolví el día en que me marché de la casa, depositándola bajo el tapete.

Ahora la introduje en la cerradura oxidada y la giré hacia la derecha. Un sonido destemplado erizó mi piel. La puerta se entreabrió, como si necesitara la ayuda de un soplo de viento para dejarse ir. Alcé los ojos, vacilante, e inhalé profundo en busca del olor a caramelo y esperé a que mi padre saliera a recibirme, como la hacía siempre. Los segundos pasaron, al igual que los años. El vacío era infinito. Me sentí el más solitario de los seres, con el único consuelo del tímido vaivén de la puerta de madera colgando en la inmensidad de la nube.

Miré hacia todos los rincones; nuestra sala se había convertido en un cementerio inundado de mausoleos, los muebles cubiertos con sábanas lucían como custodios de la muerte. El viejo reloj de pared que le regaló mi padre al abuelo, se había inmortalizado a la una y cuarto de algún día.

Desarropé la mecedora de mimbre que estaba al lado de la ventana; me pareció verla moverse, y si no, era lo único en ese lugar que parecía tener un asomo de vida. Deslice mi mano con suavidad por uno de sus brazos y la silla encorvó el cuerpo como el lomo de un gato, reclamando repetidas caricias. Me acurruque a su lado y la acompañé en su soledad; ella y yo queríamos escuchar su voz y que nos contara una de sus historias. Desee regresar al tiempo cuando armábamos carritos o cuando jugábamos pelota en el jardín o cuando simplemente me quedaba dormido sobre sus piernas. Esta vez no había prisa, ni tareas, ni la vida esperándome al otro lado de la puerta. Ahora que yo lo quería, mi padre ya no estaba.

Empecé a remover con mis dedos los hilos de polvo que cubrían el respaldar de la mecedora y deje que mi mente se perdiera en un rumazo de lana enredada entre los gruesos arcos de madera. Los fui soltando uno a uno y me desate en llanto; sentí como si después de tantos años lo acabara de perder. Sentí el crujir de los muebles, la ausencia del sonido en el reloj, la agonía de la puerta, el aroma perdido de mi madre y el desfogue de una tormenta de rayos hiriendo a sablazos el corazón blando de la nube.

Miré la llave y me la lleve al pecho. Corte un pedazo de lana y lo introduje en su cabeza, y esta vez entendiendo de que se trataba, la anude al pasador de mi correa.

INOCENCIA

El salón de clases se vistió de un silencio fantasmal cuando la maestra abrió la boca y liberó el primer grito.

—¿Quién escribió esto?—, vociferó furiosa doña Paulina desde su escritorio.

—¡Salga al frente!—. El timbre de su voz retumbaba en los pasillos y hacia que hasta los más grandulones de la escuela le temieran.

Las paredes del pequeño salón palidecieron y los veinticinco estudiantes de quinto grado se paralizaron en sus pupitres. Era como si les hubiesen volado la boca, los ojos y las manos. El tick - tick - tick del reloj anunciaba que faltaban solo quince minutos para liberarlos del infierno y que si pasaban este último suplicio del viernes, podrían gozar sin reparos del fin de semana.

—¡Ni lo piensen!—. Un rayo de luz atravesó tajante la cara de la maestra. ¡No salen de aquí hasta que aparezca el responsable!

Luciano, quien no estaba dispuesto a recibir un castigo ajeno y que tenía urgencia en salir de la escuela porque su madre lo estaba esperando para llevarlo a la tienda de bicicletas, se paró ante la mirada atónita de los demás estudiantes.

—Yo sé quién lo hizo profesora, —replicó—. Pero no quiero decir su nombre.

Teresita, su vecina, le haló la mano para que se sentara y se quedara callado, pero Luciano la ignoró.

La maestra, enfurecida, se levantó con brusquedad del escritorio y se aproximó al alumno.

Luciano sintió junto a él la sombra obesa de doña

67

Paulina y su mano pesada dando un palmetazo sobre el escritorio, así que contuvo la respiración, y cerró los ojos para no verle la cara a la maestra. De momento sintió que le arrancaban la oreja de un tirón y que lo arrastraban como un cordero al patíbulo.

—¡Y no te suelto hasta que me lleves hasta la persona que escribió semejante papel!

Luciano empezó a llorar, arrepentido de haber abierto la boca. Él sabía que doña Paulina preferiría arrancarle la oreja a dejar pasar sin penas el incidente. Pensó en que si salía tarde de la escuela su madre cancelaria la visita a la tienda y se quedaría otro fin de semana sin bicicleta.

Así fue que, a rastras, y sintiendo que le desgarraban la oreja, caminó por entre las filas de pupitres hasta llegar al último, donde se encontraba Cristina, la niña más tímida del salón de clases. A la pobre se le clavaron como puñales los ojos inquisidores de los demás estudiantes. A pesar de sentirse abochornada y con miedo al castigo, lo que en realidad la estremecía era hallarse frente a Luciano.

¿Pero cómo se había enterado Luciano de que era ella? pensó mientras un sudor frio le recorría el cuerpo.
Se le escuchó soltar una profunda exhalación, como si con ella se liberara de la vergüenza. Cristina levantó los ojos encharcados de lágrimas y dirigió su mirada triste hacia Luciano.

De un zarpazo, la maestra le arrebató del pecho el cuaderno azul y lo abrió.

—¡Esto no me lo esperaba, Cristina!   ¡Y menos de usted. Mojigata! Repitió varias veces, llevándose a rastras a la niña.

En el cuaderno cuadriculado los números se habían desdibujado hasta convertirse en letras alargadas de colores y versos entrecortados por flechas y suspiros: La primera línea de un poema inspirado en los ojos madreselva de su primer amor.

Un nombre mágico brotó entre el rojo parpadeante de un corazón: *"Luciano, te amo"*, pintado en cada una de las páginas.

CAÍDO DEL CIELO

Ganador del Primer Premio del Concurso de Cuento y Poesía Convocado por el Instituto de Cultura Peruana y la revista Mujer Miami, Florida, Julio de 2012.

Él y yo contemplamos con deseo la juventud del bosque de pinos que tenemos frente a la ventana. Nos imaginamos el coro de aves que arrullan en los parajes vecinos, las cestitas de paja en las copas de los árboles, el aletear lento de las mariposas y el universo que se esconde entre el paisaje de hojas verdes y arreboles. Cada mañana, *Beak* se posa sobre el alfeizar de la ventana y se entretiene observando los dos mundos diferentes que parecieran reclamarlo, el del cautiverio y el de la libertad. *Beak* y yo tenemos algo en común: somos compañeros de celda.

Su *tock-tock-tock* me distrae; dejo a un lado el computador y me concentro en él; lo veo picoteando persistente las manchas blanquecinas que dejaron las gotas de lluvia al otro lado del cristal. Después de un rato, ladea su cabecita gris hacia mí, como preguntándome con sus ojos redondos porque a pesar de tanto picotear las gotas no puede agarrarlas con su ostentoso pico encorvado. "Yo tampoco puedo hacerlo, *Beak*... La frescura de esas gotas es solo una ilusión que acaricia mi ventana".

Han transcurrido casi cinco semanas desde el día en que Víctor se apareció en casa "dizque con una sorpresa". Traía una pequeña caja de cartón, de esas en las que vienen los pañuelos desechables. Lo miré extraviada, creyendo que se trataba de una broma. Pensaba encontrar en su interior cualquier cosa menos a una bolita lanosa, algo más grande que un huevo, que se movía con lentitud. 'Estaba tirado en la calle ¡Imagínate! No podía dejarlo allí, lo hubiese aplastado un carro y con la lluvia…" me dijo, esbozando la mejor de sus sonrisas. Era cierto, ni él ni yo hubiésemos podido dejarlo a la intemperie de la vida. *Beak* es el tercer pajarito en nuestra lista de adopciones, y a sabiendas del trabajo que se nos venía encima, lo acogimos como al bebe recién nacido que era. *Monchis*, nuestro gato, se alegró también -claro, a su manera-. Ahora lo custodia desde los rincones con sus amenazadores ojos verdes y el cuerpo rígido inclinado hacia el frente, listo para atacar. El insiste en que algún día logrará burlar mi vigilancia y disfrutar de tan exquisito banquete.

Una casita improvisada, utilizando los dos coladores grandes de la cocina, fue el nido que le inventamos cuando ni siquiera tenía cola y cabía con facilidad dentro de un pocillo de café. Pensábamos que la solución era temporal y que sería cuestión de un par de semanas hasta que lo pudiésemos soltar, pero no fue así. *Beak* no sabía nada de nada y hay que admitir que no se le ve la intención de aprender. Desde que llegó a nuestras vidas se ha convertido en el centro de atención y hasta hemos tenido que acarrear con él todas las mañanas y llevarlo a la oficina; en una mano el maletín ejecutivo y en la otra *Beak* en su casa de coladores.

Su estadía en nuestro hogar se ha prolongado más de lo previsto. Como cualquier bebe, su salud es vulnerable y en menos de un mes ha sufrido dos serias recaídas. La primera fue un catarro que empezó con simples estornudos —yo no sabía que los pájaros estornudaban—, lo dejó sin voz y por poco lo mata; y la segunda, un temblor miedoso que lo hacía retorcerse hasta tumbarlo al piso. *"Falta de calcio en la dieta"*, nos explicó hace un par de días el veterinario. Menos mal que se trataba solo de eso, y no del mal de Parkinson o de un virus mortal, como llegamos a suponer después de investigar en Internet.

El cambio de dieta que recomendó el doctor le ha venido muy bien: la fórmula para bebes pájaros más las dos dosis milimétricas de calcio que le suministramos al día, lo han restablecido por completo. *Beak* ha vuelto a dar sus vuelitos cortos sobre los cubículos de los arquitectos, y como es tan generoso, hace su contribución, dejándoles "pequeñas esculturas" en los planos. A diario hace sus rondas y camina por cada oficina, y cuando no se le oye no falta quien grite: "Busquen a *Beak,* que está muy calladito". En Facebook también lo reconocen y hasta me preguntan por él; tiene su propio club de fans y alguien lo bautizó como "el pajarito recepcionista".

Me maravillo al ver lo rápido que se ha ido transformando. Ya no es el huevito con ojos que Víctor trajo a casa; ahora tiene un esplendoroso ramillete de plumas en tonos de color tierra, y una gama de grises y blancos lo adornan como si fuera una fruta plateada de invierno. Perdió la melena desordenada de papelillo y, en cambio, se le ve finamente peinado con sus esbeltas cintas emplumadas. Se posa sobre el teclado de mi computadora, pisotea las letras a su antojo y estira con garbo sus dos largas patas de alambre, que terminan en cuatro minúsculos dedos de ganchos afilados. En ocasiones se me acerca para picotearme los dedos o los brazos. Su pequeño pico se ha despojado de la palidez del nacimiento y se ha tornado férreo como el pedernal. Le encantan los sonidos; el del papel al romperse, el de las teclas cada vez que él o yo escribimos, y disfruta quietecito el té de la tarde en compañía de nuestro músico favorito, el gran Vivaldi.

—Ten calma, *Beak—*, le digo, pues sé que el preferiría estar en el otro mundo, el suyo.

Ser la mamá adoptiva de *Beak,* y no exagero con el título, ha resultado una experiencia mágica e inesperada. Su llegada creó su propio espacio y tiempo en mi agenda apretada. No se cae el mundo porque me demore o se me olvide contestar algunos correos electrónicos, o retrase la lectura de algún libro y me demore unas semanas más en terminar el libro que llevo años escribiendo.

Beak me ha brindado nuevas experiencias, y aunque sean de lo más corrientes, como las repetidas visitas a la tienda de animales, las idas al veterinario, o las conversaciones raras que él y yo sostenemos cada uno en su idioma, la verdad es que ha logrado sacarme de mi jaula habitual y me ha reforzado los votos de responsabilidad que hice desde niña con la naturaleza. Igual debo admitir que gracias a él he tenido tiempos de ausentismo físico y mental, como el día que me tomé la tarde libre para cuidarlo de su catarro, y en otras ocasiones me he alejado de mis deberes para verlo jugar con una ramita o luchar contra un indefenso gusano. En ocasiones me sorprendo al oírme susurrándole al oído con una ternura insospechada. Lo he acunado en la palma de mi mano para que se dé a sus siestas matutinas y otras veces, cuando la penumbra ha querido arrastrarlo al infinito, lo he llevado a mi pecho con desespero, con la fe que me hace falta para protegerlo de la muerte.

Si *Beak* estuviese listo, podría alzar el vuelo en este instante; se perdería entre las ramas de algún árbol y yo jamás volvería a verlo. Sé que lo estoy preparando para cuando llegue ese día en el que la naturaleza gane la partida y lo recupere finalmente.

¡Beak, aprende rápido, porque lo único que quiero es verte volar rumbo a esos árboles que te llaman y a ese cielo que espera impaciente por ti!

BUSCANDO LA NUEVA POESÍA

"Cualquier hombre sano puede estar sin comer durante dos días,
pero nunca sin poesía".
Charles Baudelaire

Una reflexión general sobre la poesía
y el poeta en el siglo XXI

Escribir poesía surgió en mi de forma natural, en un tiempo lejano de mi niñez que no logro precisar. Sin embargo, nunca pensé en dedicarme a ser poeta y, la verdad, si la idea se me hubiese ocurrido, no habría sabido que era lo que tenía que hacer o a donde ir. En mi entorno la gente no leía poesía ni novelas, a menos que fuesen las de Corín Tellado, que circulaban entre las vecinas "intelectuales". Tuvieron que transcurrir varias décadas para que yo llegara a encontrarme con poetas y escritores consumados a su oficio.

Ejercí mi "delirio de escribir" de una manera aislada hasta que ingrese en la secundaria, donde se me reveló el mundo de la literatura, la cual, como si se tratara de un pacto, me ha acompañado a lo largo de la vida -en realidad hemos crecido y madurado al mismo tiempo-. Y sigo escribiendo porque es parte integral de mi existencia, por el placer, la libertad y el proceso de aprendizaje que experimento haciéndolo. Se trata de una fuerza que me incita a llevar a donde quiera que vaya un libro, un lápiz y un cuaderno.

Leo lo que otros escriben para descubrir sus creaciones literarias y poéticas, y me abro sin recelo a su conocimiento y su imaginación. Siempre estoy tras las obras bien logradas, porque a través de ellas el espíritu y la mente encuentran pasajes para llegar a universos desconocidos.

Ese, entre otros, es el hechizo de un poema o de una gran pieza literaria: No importa el lugar, quien la escribió o el tiempo en que lo hizo, porque el mensaje no tiene fecha de expiración.

En ese tino de madera en el que se fermenta la poesía como si se tratara del más selecto de los vinos, convergen la maestría o *el don del poeta*, su sensibilidad y experiencias, su facilidad para comunicarse, el dominio del idioma, su interiorización filosófica y social, y su estilo entre otros componentes que cada poeta aporta de manera única como artista de la palabra. La musa, el ángel y el duende citando la *"Teoría y juego del duende"* de Federico García Lorca, entidades presentes en la creación poética, interactúan con esta mezcla viva de componentes en la que "se gesta nuestro vino poético". Sin embargo, a mi entender hay tres factores adicionales a tener en cuenta cuando reflexionamos sobre la situación actual de la poesía: se trata de la influencia de la época, la actualidad en la temática y la necesidad de la innovación. Cada uno de estos factores tiene su peso e incidencia en el producto final que se le entrega al lector. Y aunque parecieran entidades y factores abstractos e imperceptibles, no lo son. Están presentes en el momento creativo y en el "deguste del poema". Por eso no está de más sacarlas del fondo del barril para analizarlos a la luz de esta época.

El hombre del siglo XXI ha creado una nueva dimensión: Un espacio en el que la mente viaja a la velocidad de las redes cibernéticas y la información es la constante en sus actividades diarias. La poesía, entretanto, se las arregla para sobrevivir con la rapidez de esta era; toneladas de información se descargan desde todos los lugares y viajan hasta los confines del mundo a través de los túneles inalámbricos que nadie ve, pero que llegan de forma contundente. La cantidad de información es tal, que a duras penas alcanzamos a asimilar lo que le sucede al mundo; vamos del título al subtítulo, obviando el cuerpo, el argumento, la investigación y la profundidad de muchos asuntos que en otros tiempos hubieran sido tema central de una charla familiar, la separata especial de un periódico, un debate, o al menos una tertulia.

Vivimos dentro de un sistema que coloca capas y más capas sobre la esencia del ser humano. La era digital, incluso con sus beneficios, es agresiva, porque obliga a la sociedad a ir a la velocidad de la información y del cambio y, de paso, al consumismo —así sea de información—, una adicción que destruye. Y es que pareciera que el tiempo que supuestamente ha sido liberado con el uso de la tecnología, es ahora "gastado" en el consumo de la información que esta procesa. Por lo anterior, es importante recalcar que estas condiciones afectan la manera de pensar, de vivir, de aprender, y por ende, la manera en que el lector analiza, interpreta y percibe la poesía.

Al igual que les sucedió a los antiguos ante los adelantos de la ciencia o de las artes, el poeta, como observador natural, debe darse a la tarea de entender la complejidad del mundo actual y los cambios en la manera de pensar, actuar y responder del ser humano que vive en su época. Al poeta no debe escapársele nada, y aunque los temas fundamentales quizás sean los mismos de cientos de años atrás, el mundo ha evolucionado, por lo que el poeta no puede quedarse estático y metido dentro del barril de lo convencional.

Si bien es cierto que cada quien tiene su propio criterio para definir lo que es poesía, o al menos la que le gusta, no podemos dejar a un lado que el tiempo, la temática y la profundidad del contenido, son elementos que afectan el disfrute de un poema, tanto para quien lo

76

escribe como para quien la lee. La poesía se degusta palabra por palabra. Y es que para leer o escribir poesía se necesita de un espacio y un tiempo, que últimamente parecieran estar fuera del alcance del poeta y del lector. La vida y la fuerza de los poemas se aminoran cuando ninguno de ellos se percata de que el poema comienza antes de escribir la primera línea, y que la última es una sutil sugerencia que espera por el lector; porque el poema toma para sí un trozo y lo muestra. El resto sigue allí, fluyendo.

¿Cómo detener al ser humano del milenio, en una civilización como la nuestra, para que disfrute de una poesía o haga un alto y medite acerca de una metáfora? ¿Cómo "venderle" al consumidor la idea de que no compre la revista de farándula o de dietas, y que invierta, en cambio, en un libro de poemas, aduciendo que la poesía despertará nuevas facetas en su manera de pensar o sentir? ¿Será que le interesa este despertar, o será que las virtudes que los poetas le atribuimos a los versos ya no tienen el mismo efecto sobre el lector?

Se ha publicado en algunos medios que la poesía ha resurgido en los últimos años y que gracias a las bondades tecnológicas el número de personas que están escribiendo poemas y publicándolos excede la demanda. Sería bueno preguntarse, si la poesía es tan popular en términos del número de poetas, porque estos mismos no consumen o compran libros de poemas para equilibrar su mercado e incentivar a las casas editoriales a que inviertan en la publicación de libros de este género.

¿Con qué concepto innovador podría el poeta llamar la atención del ser humano de esta era? ¿No será que los poetas tendremos que inspirarnos en los desastres naturales, la colisión de los planetas, la explosión del sol, el

Calendario Maya, la caída de la bolsa, el cáncer, las dietas, las drogas, el desempleo, la depresión, la sobrepoblación, el tatuaje, el divorcio y el *piercing*, solo por citar algunos ejemplos de temas que atrapan la atención de la audiencia de hoy e incluso la nuestra? ¿Será acaso que el poeta se quedó rezagado en el tiempo y por eso se desconectó del mundo? ¿O será que para "conectarse" con el mundo nos tocará llevar nuestra poesía hacia esos ámbitos que le interesan al ser humano de hoy y tratarlos desde una óptica literaria seria?

Y, por último. ¿Será que existe una compatibilidad entre la poesía, el poeta y el mundo moderno?

Cuando veo los anuncios de las películas que están en cartelera, los programas de televisión, los juegos de *nintendo,* los temas y los diseños de las portadas de libros, así como otros signos o tendencias de la juventud, me doy cuenta de que muchos de ellos liberan o canalizan sus preferencias hacia lo sobrenatural. Lo "anormal", por ejemplo, se ha vuelto una característica especial de seres privilegiados. Ya no es tan disparatado hablar de seres humanos que vienen de otro tiempo o planeta, capaces de desfigurarse o convertirse en lo que desean. Los medios están superpoblados de ese tipo de imágenes y caracterizaciones que tienen su impacto en ciertos grupos.

Cada generación está marcada por circunstancias particulares en términos políticos, económicos y sociales, pero todas tienen una condición similar, que es el afán de expresar y sentir su libertad. La canalización de ese mensaje es el que presenta variaciones y a la vez se manipula.

En términos económicos, las editoriales al igual que el cine, la televisión y la industria de los video juegos, triunfan cuando logran cautivar a una audiencia de consumidores en masa. Generalmente, cuando la fórmula funciona, el éxito pasa de un segmento al otro como un fluido lógico, tanto para los inversionistas como para el público. La poesía, en cambio, no goza de esta *transmutabilidad*. Su dinámica ocupa otros espacios en los que manifiesta su trascendencia. *"La poesía huye, a veces, de los libros para anidar extramuros, en la calle, en el silencio, en los sueños, en la piel, en los escombros, incluso en la basura. Donde no suele cobijarse nunca es en el verbo de los subsecretarios, de los comerciantes o de los lechuginos de televisión"*, nos dice el poeta Joaquín Sabina.

En ocasiones deseamos desconectarnos del mundo real con algo que nos distraiga. La industria ha sabido entender los mecanismos en los que opera esa necesidad física y psicológica, y nos ha venido "su fórmula de entretenimiento", capaz de llenar cualquier vacío, y de hecho logra que nos fuguemos de la realidad sin siquiera darnos cuenta. El problema es que esa fuga se hace constante, porque nuevos hábitos y conductas se modifican o se crean a partir de la interacción y la repetición. La distracción emerge entonces como parte de la rutina y uno de sus máximos agregados, el sedentarismo, tanto en niños como en adultos. Y ya no se trata de sano entretenimiento, sino más bien de distracción ausente de beneficios en términos de salud física y mental, de temas que estimulen el pensamiento crítico, la imaginación y la creatividad; estos últimos, presentes en la poesía, en adición a su gran aporte para sensibilizar al ser humano.

Esos iconos que atraen, anormales, fantásticos, fuertes y glamurosos en algunos casos, de carne o de papel, representan poder económico y también son parte de la cultura. Si uno de los adolescentes de *Twilight* fuera poeta, por citar un ejemplo, seguro que este lograría llamar la atención de los jóvenes y los pondría a todos a escribir y a leer poesía, así sea acerca de vampiros únicamente.

Este entorno comercial que parece tan ajeno, es un vasto oleaje en ese mar en el que los libros de poemas —y por supuesto los poetas—, tratan de salir a flote.

Cuando pienso en los temas de los cuales escribimos los poetas de otra edad, me pregunto: ¿Será que acaso el mundo real perdió su gracia desde hace mucho tiempo, o es que los poetas nos "encarnizamos" con los mismos temas, que a lo mejor ya no son considerados importantes, o que fueron superados por la evolución y por los intereses de una nueva generación?

Llegados a este punto es donde el poeta, como cualquier escritor, debería preguntarse: *¿Para quién escribo?* Y aclaro que con estas comparaciones o interrogantes no estoy sugiriendo que de nuestros versos debe brotar sangre vampírica, o que deberíamos colgar escobas mágicas en los puntos suspensivos —aparte, esto ya está bastante "traqueado"—. Solo intento acercar la poesía a los poetas y la gente de esta era, sin decir que todos vivimos bajo los mismos parámetros.

Y a todas estas. En medio de la moda, el Internet, los gustos y las preferencias de las nuevas generaciones. ¿En dónde quedan el poeta y su obra?

Es bastante difícil para el que escribe poesía encontrar a su audiencia en una era en la que aparentemente nada parece tener un vínculo con la poesía. Usted, yo, el poeta, el escritor, el artista y cualquier intelectual, de seguro coincidiremos en asegurar que al mundo le falta poesía a pesar de que la encontremos desbordándose de a gratis en la Internet. Y, ciertamente, algunos versos caerían como bálsamo en aquellas relaciones conyugales que han perdido su encanto, o en aquellos temas musicales que se hacen famosos insultando y denigrando.

Demos un poco de poesía a aquellas personas que no saben cómo expresar sus emociones y se sorprenderán del encuentro entre ese mundo interior al contacto con la prosa o el verso. Como dijo Platón: *"Al contacto del amor, todo el mundo se vuelve poeta".*

El poema necesita de ese "tino de madera" para fermentar, pero la función del poeta no es hundirse en el. El poeta es el vehículo por el cual la poesía respira y trasciende, y si todo le fuera negado al poeta, aún le queda la voz para arrastrar audiencias.

Escribir poesía es un ejercicio natural de la mente y el espíritu, un arte milenario que sigue vivo gracias a la persistencia del poeta y a la resignación de tener que escribir por amor al oficio. El hecho de que nadie quiera pagar por un poema no indica que el oficio del poeta no sea un trabajo. No solo Neruda, Vallejo, Borges, Mistral, Becquer o Whitman, por mencionar a unos cuantos, fueron poetas. Los poetas no se extinguieron como los dinosaurios. Muchos poetas reposan junto con sus escritos en la oscuridad de un cajón de la mesa de noche. ¿Cómo culparlos? El oscurantismo y la falta de apreciación privarán al mundo del que pudiera ser un nuevo auge para el poeta de este siglo.

¿A qué poeta no lo han tildado de loco o desocupado? Si es que para decir "quiero ser poeta", tiene que ser uno muy osado porque declararse poeta es un pecado que ni siquiera le perdona a uno la familia. A cuantos de nosotros no nos han dicho: *"Si usted quiere vivir en la miseria, no es sino que se dedique a escribir versitos... ¡Vaya! Vaya y consígase un trabajo de verdad y deje de pensar en...".* Y por mucha rabia que nos dé hay que admitir que no se equivocan en lo que se refiere a la parte monetaria. Vaya y trate de vender un libro de poemas, y se dará cuenta de que la demanda de poesía es muy escasa, y que solo un público muy selecto está dispuesto a pagar el precio de su libro. Otros, y no crean que son muchos, están dispuestos a leerlo, pero gratis.

Aun así seguimos escribiendo. Porque el poeta solo necesita de la inspiración para alimentar su espíritu y recrear en palabras sus imágenes interiores. Y como no existe la fuerza para detener a un poeta, el poeta está llamado a seguir dando la batalla, como el rebelde que es. El poeta es un heraldo de su propia poesía.

Quizás la conexión que buscamos con la nueva era radica en nuestro propio poema y en la evolución y en la libertad de nuestras propias metáforas y paradigmas. Hay que concederles la autonomía para que fluyan y penetren el mundo, absorban la vida más allá de lo impuesto, de las formas y los símbolos, y dejarlas que se transformen en nuevas expresiones.

El poeta no puede darse el lujo de la velocidad, ni el de la superficialidad. La poesía necesita de su espacio, su profundidad y su tiempo para que pueda dejar en el lector aquella tibieza de la palabra que estalla sin sonidos, el pálpito solitario del encuentro con el verso, y ese pasear de ojos que se cuelgan de la punta del iceberg que dejamos asentado en una línea.

Hagámosle un nuevo agujero a nuestros bolsillos rotos, para que la poesía se derrame libre y jubilosa. Exploremos sin limitaciones. Sembremos la simiente que cautivará a la generación del presente y del futuro. La poesía necesita de ese aliento renovado para tejer su nueva primavera.

"Cada poema es único.
En cada obra late, con mayor o menor grado, toda la poesía.
Cada lector busca algo en el poema.
Y no es insólito que lo encuentre: Ya lo llevaba dentro".
Octavio Paz

LUZ DE LUNA
Shely Llanes Bresó

Shely Llanes Bresó

En Cuba, mi país natal, me dediqué a la enseñanza durante varios años. Hubo un período de mi vida que transcurrió en España, hasta que finalmente decidí radicarme en Miami con mi familia.

Mi vocación de servicio me llevó a participar en el proyecto "Child Assault Prevention" dirigido por el Miami Dade College. Incursioné en el área de exportación e importación y más tarde me dediqué al área comercial y consejería.

Siempre he sentido la necesidad de escribir, de expresar mis ideas y darle cauce al tropel de palabras que bullen en mi interior pugnando por salir. En la poesía que escribo se revela mi ritmo interior y sus huellas se pierden en el tiempo. Mi alma se expresa a través de mi poesía que como savia me recorre, me nutre, y llega a mis manos de donde fluye en palabras que reflejan lo que siento.

Expresar sentimientos que han sido guardados por mi o por otros es una necesidad que ayuda a mi alma a alcanzar su plenitud. En la actualidad trabajo en primera novela. Soy integrante de la Asociación Internacional de Arte y Cultura Hispana en Miami (AIPEH Miami).

*En memoria del joven Adonis Guerrero Barrios, muerto en
el intento de huir de Cuba, el 13 de julio del 2011, en el tren de aterrizaje
del vuelo 6620 de la Aerolínea Iberia.*

LIBRE

Pájaro de metal,
en tu vientre va ese joven.
Inmóvil la figura.
Suspendido el aliento.

Él se puso alas
para alcanzar su sueño.
Visiones pasan en larga fila
por su mirada estática.

Aferrado como un pájaro indefenso,
ignora su feroz destino.
La muerte lo vino a buscar;
congeló sus alas, frenó su vuelo.

Él se durmió para siempre,
arrullado por el frío y el viento.
Pero no quedó a la deriva.
Una luz le guió,
renovó sus fuerzas.
Encontró el camino.
Y llegó sin alas,
libre, ligero
a un jardín de luces
donde no existe el tiempo.

LA CITA

Agua muerta, lánguida.
Palidece la tarde
Esperando la luna
de nuestro invierno.

Lloran los árboles
sobre tus manos,
sobre mi piel,
sobre ti y sobre mi juntos.

Nos despierta la mañana
con memorias de risas,
de abalorios, de campanas.

Con revoloteo de plumas elevándose,
con el sol desgajándose,
a través de mis dedos,
de los tuyos.

Con esta alegría
de mi amor, de tu amor.
De ti y de mí, amándonos.

MI GRITO

Dedicado a las mujeres abusadas física y verbalmente.

Mi grito era hacia dentro,
(para que nadie escuchara);
temblores me sacudían,
el dolor me desgarraba.

Y yo gritaba en silencio,
con sollozos apagados,
con mis puños apretados,
mientras mordía la almohada,
en mis noches desveladas.

Escalofríos de espanto
recorrían mis entrañas,
todo lo ahogaba en silencio
(para que nadie escuchara).

El día por fin llegó.
Mi grito ya no era mudo,
mi garganta lo parió:
Un grito ensordecedor
para que el mundo escuchara.

BRISA

Vigías en lo alto,
sombrero de nubes
sobre su cabeza coronada
de ojos avizores.

Mi mirada cae
sobre el agua que corre, rizada,
movida por la brisa que la empuja.

Corren mis pensamientos
como el agua a la que obliga el viento;
sin orden, a tropezones, huyendo.

Y atrapada al fin,
como velero anclado al muelle,
a merced de las aguas
que lo golpean sin cesar.
El chasquido del agua,
una y otra vez...

Las palmeras gimen
con un murmullo rítmico, lento,
dando sombra al agua que
mece el viento.

ASÍ DE REPENTE

Llegaste de pronto,
así de repente,
con tu mirada serena
y tu aire indiferente.

Tu voz acarició mi oído,
despertó mi alma que dormía,
llenó de sueños mi cabeza loca
de novia arrepentida.

Mis horas se llenaron de alegría;
apareció mi sonrisa,
que antes se escondía.

De pronto un día te marchaste,
así de repente,
con tu mirada serena
y tu aire indiferente.

¿De qué extraño lugar viniste?
¿A dónde te llevaste mi alegría?

Has dejado mi otoño triste
y mis hojas cayendo en agonía.

A LA ORILLA
DEL MAR

Ola que rompe,
chocando contra la roca
que se yergue como un reto,
al amanecer.

Don Quijote alucinado,
embestido por el tiempo,
el agua, el viento.
Con fuerza se sostiene.
(recuerda lo que no quiere).

Regresa a la orilla,
busca en la arena,
y se encuentra el olvido,
el atardecer.

SIN LÁGRIMAS

Aquella voz que susurra en mis oídos,
aquel aroma que perciben mis sentidos,
todavía embotados de tu aliento.

Aquel recuerdo que me sigue,
llega al corazón y me tortura.
(Sangra mi corazón. ¿Cómo se cura?
¿Cómo huir de este recuerdo?).

Como lobo hambriento aúlla
cercando a su presa.
En la noche oscura acecha,
en el día se agazapa en un rincón.

Espera con sigilo
que llegue a la memoria
la emoción, el dolor.

Entonces salta con saña
y me deja inerte.
Ya sin lágrimas.

LA DESPEDIDA

Me acerqué a ti,
cargando toda mi tristeza.
Tú no me esperabas,
la luna vigilante nos miraba.

A perderte venía,
a escapar de ti, para no verte.

Busqué las palabras aprendidas,
y salieron de mi boca en tropel,
como piedras encendidas.

No dijiste nada,
escondías la mirada.
Un silencio frío, áspero,
nos rodeaba.

De prisa me marché,
cargando aún con más tristeza.
El brillo de plata de la luna
me aguardaba.

En mi pecho quemaba el dolor,
aturdida y sin fuerzas lloraba,
la luna me aguardaba.

MENSAJE
DE TEXTO

Llevo horas obsesionada,
delante de esa pequeña pantalla;
pendiente, fija la mirada.

El reloj marca las cinco,
de un día cualquiera.

Era lunes cuando se marchó.
Y hoy ¿qué día es?
No sé, solo espero.

Miro de nuevo esa pantalla,
su superficie pulida,
paso mis dedos por ella,
y espero....

Llevo días sin paz, sin sosiego,
Extrañándote.
Masticando mí angustia.
Esperando tu mensaje de texto.

PAN DE ALBA

Yiya Ortuño

Yiya Ortuño

Sobreviví a un parto de gemelas, lo que marcó el mapa de mi vida para siempre. He vivido un Bautizo, una Primera Comunión, una escuela, un colegio, una universidad, un matrimonio, un divorcio, una familia, y lo más preciado, mis hijos, mis nietos, mis bisnietos. La vida es un constante viaje para vivir ahora, lo que viviste y lo que vivirás.

Me enriquecí mucho en los trabajos que realicé con el Ministerio de Relaciones Exteriores, La Radio Universitaria, La Federación de Organizaciones Voluntarias. Asimismo, con las consultorías que desarrollé con el Instituto Mixto de Ayuda Social de Costa Rica, la tierra donde nací.

No puedo olvidar todas las oportunidades de intercambio en las disciplinas de Desarrollo Personal y aprendizaje que me brindaron instituciones en otros países, tales como España, Bélgica, Estados Unidos de América, Colombia, Puerto Rico y República Dominicana. Así, siempre comprometida con la vida, aprendí y desaprendí a vivir un centenar de veces.

Nací con vocación literaria y el escribir poemas me ha ayudado a encontrarme conmigo misma y en especial con mi parte espiritual. A través de la poesía he intuido de manera muy clara que somos parte de algo divino que, aunque no podamos comprender racionalmente, rige nuestras vidas. La expresión poética está íntimamente relacionada con esa energía divina. Sólo basta tocar un silencio.

Ahora que estoy tratando de escribir la leyenda de mi vida, me doy cuenta que estoy plena de innumerables gratificaciones que he recibido y recibo de mis seres queridos y de todo cuanto me rodea. Con la Asociación Internacional de Arte y Cultura Hispana en Miami (AIPEH Miami), daré a la luz mis escritos más recientes, cuyas raíces deben estar en un pasado lejano y desconocido.

SEMBLANZA

A veces parece que tengo dos almas.
Un alma centella de laurel y orégano,
y otra soñadora,
que produce versos de sol y de miel.

La pasión poética se anuda en mi cuerpo.
El aire que canta atrapa la letra.
La letra que canta sacude raíces.
Se convierte en madre de todos los cantos.

Así mis dos almas, mis almas gemelas,
que un día visten mirto y otro yerbabuena,
adoban la vida con miel y limón.

También se entrelazan mis almas gemelas.
Por allá mis libros. Por allá el rigor.
La vida y el canto. La miel y el limón.
Así tuve hijos preñados de canto,
y una descendencia de miel y limón.

A todos los amo, familia y amigos.
Así soy semilla. Semilla de tierra.
Semilla de amor.

AÑORANZA

Se me está yendo la vida,
por la arteria sin nombre del recuerdo.
La cima ensimismada de mi mundo
te espera. Te sueña.

Oteando los recuerdos
te he encontrado.
Unas veces,
en los rincones amados de Segovia,
y otras, incrustado en las callejas de Toledo.

Recorriendo el mundo con mi noche,
subí por el hilo dorado de la vida.
Tú quedaste prendido para siempre
en el nudo infinito del orfebre.

Las Callejas.
Tú.
El artesano.

Subí presurosa por la noche.
Llevaba conmigo los recuerdos.

Horadé caminos.
Llegué a ti
por la ruta inmortal del pensamiento.
Crucé los senderos de tu ensueño,
y en dúo de añoranza y alborada,
miré con tus ojos la mañana.

Como el que llega,
seguiré los pasos del azul,
en el cielo que tu miras.

Nadie sabe que espera la mañana.
Todos tenemos algo para hacerla.

Pondré yo en ella
aquel amor con que anudamos besos
cuando tú y yo hacíamos la mañana.

Se me está yendo la vida,
por la arteria sin nombre del recuerdo.

AMANECE

Una luciérnaga de luz,
se para en el arcoíris,
y desnuda la selva.

El reloj de platino,
colgado de la esfera,
muerde el silencio.

Con una diadema de sol,
entra de pronto el día,
abre su copa y canta.

Con escalofrío de luna
la voz secreta del agua
despierta.
Un río liso como un pino
tiembla de lado a lado,
y se pierde en el polvo.

Los sueños azules
de gigantescos mirlos
desperezan las montañas.
Buscan horizontes vírgenes.

CANTO A LA VIDA

Quiero cantar con sílabas de hierba,
ayudando a nacer a las vertientes,
con ternura de luz,
con infancia de isla traída
de una vida fértil.

Quiero cantar con manto de regazo.
Con día de polen.
Con arropo de cereza.
Con surco alegre de dos llamas,
desgranando abismos
con fuego y ambrosia.
Quiero cantar el esplendor
descabellado de la rosa.
La hermosura minúscula de un río.
Quiero cantar con vientre de fragancia,
en forma sigilosa, a la criatura que crece.
Quiero cantar con aire de semilla.
Con trueno de gacela,
y germinar inmóvil como el día.
Quiero cantar minutos de paloma,
con olor a espliego y amaranto,
para que desangre el humo,
su ceremonial de trigo
y pinte escarlata el vino de la tierra.

ESTRAFALARIO

La barba marina de la luna verde,
tiene un confuso esplendor
de corazón olvidado.

Un ramo abstracto
de verdades sumergidas
en su agua secreta, inunda
el alto vacío de los dioses.

La vasija del silencio,
con su ropaje escarlata,
escribe palabras de aire.

El alba, tiene corazón de espuma.
Su llanto, húmeda luz, se pierde,
como un cisne que, al anochecer,
desangra su orgasmo primaveral.

EVOLUCIÓN

En el principio fue el Verbo.
Del fondo del silencio surgió el deseo.

La creación.
Tú y yo.
El deseo.
La isla.
Dios.
Tú y yo.

La isla.
La soledad.
El vacío.
Tú.   Yo.
Dios.

Tú y yo.
La esperanza.
El encuentro.
La evolución.
Los siglos.
Las mañanas.

Nosotros.
Los genes.
Las raíces.
El engendro.
La eternidad.
La vida.

INTELIGENCIA CÓSMICA

Lo humano y lo divino
se derraman en este mundo cósmico,
que abarca todo lo creado y mi ser.

Una explosión de protones
divaga círculos de luz.

Centellas asustadas
desnudan en silencio
las palabras perdidas.

Las hojas cantan
con sílabas de cristal.

Mi intuición florece en dedos que
pulsan espacios ignorados.

El verdor de los apios
despierta la memoria anunciada,
y todo lo que amo reverdece.

MÁS ALLÁ
DE LA POESÍA

Más allá de la poesía,
ahí donde las sábanas
desperezan palabras eróticas,
la célula espera,
para convertirse en vida.

Más allá de la poesía,
debajo de ríos de miel,
poetas de cereal y mirto,
recogen las transparencias
de los hemisferios perdidos.

Más allá,
una cascada de aire,
sacude silencios,
y dibuja arreboles
en las arrugas de un cedro.

Más allá, la poesía navega
corolas de tiempo,
por sus arterias de luz.

OCEANO.
SOL.
AGUA.

Una ciudad asedia.
La mañana, de pie
vende el otoño.

El deseo de ocho,
desarbola el miedo
y salta entre dos velas al velero.

Los pájaros, despiertan la costa,
y pican los párpados plateados del oleaje.

Las olas, desanidan su energía,
y bordan de verde el horizonte.

Un aura tierna, como lino crudo,
envuelve un arcoíris de silencio.

La tarde cuelga del crepúsculo marino,
y el viento estrena cabellera de agua.

Olas gigantes, cortinaje en vuelo,
estallan como un sauce de agua.

El velero, es un pájaro que huye.
La mente del marino, un faro herido.
Pupilas de cristal, prenden el cielo.

Un día cae, diluido
en los balcones de la espuma.

OJOS QUE VUELAN

Mi alma, corcel loco,
golpea la palabra
de la hoja que reza.

En una selva
de sonetos de mar,
la arena bruja,
baila poemas
de concha y coral.

Al son de una arpa prodigiosa,
ojos llenos de alas,
sueñan pájaros de cristal.

PAN DE ALBA

Una gota de luna
horada el horizonte.

La luz verde del rocío
zumba silbando
y arranca los pétalos del día.

Cereales de luz
desperezan bambúes
deprimidos.

La palabra,
caracola escondida
en los genitales del tiempo,
inciensa plegarias de trigo
y ata con aromas
mis voces de pan.

LA MONTAÑA
AMANECE

La montaña en verano tiene ojos de primavera.
Cuando anochece almacena el rocío,
y cuelga los sueños en las ramas perdidas.

Cae una alondra.
Sólo queda el silencio.

Una selva de estrellas
despierta los ruiseñores.

Los árboles en copos,
sacuden gotas de plata.

Muerde la luz el horizonte,
y prende las campanas del amanecer.

Con los ojos abiertos,
el aire destella el día.

MI CANTO
PERDIÓ SU NIDO

En esta mañana quieta,
llena de sol y de niebla
mi canto busca su nido.

Rastrea espigas de fe. Otea
el nidal de los mitos,
y vuelve siempre en vigilia,
a un punto cardinal sin territorio.

Cuando tiemblan los albores,
el paisaje lo despierta,
y el alba dibuja alondras,
con hilachas de cristal.

Es entonces cuando el canto,
viste caminos de seda,
y el pensar de su artificio,
vuelve a su probeta de luz.

Así mi canto encontró su nido.

UN CIELO DE MIRTO
Y YERBABUENA

En mi cielo de mirto y yerbabuena
no habrá nubes gigantes que conviertan las almas
en sus juguetes de barro.

No habrá tempestades de almas
enredadas en raíces de oxidados minerales,
ni creencias cultivadas en barros amarillos,
amasados por sabios y por monjes.

En mi cielo de mirto y yerbabuena,
mis miedos de iguana verde serán alondras
que buscan en aquella selva de almas,
enloquecida en menguante,
sus horizontes perdidos.

Una multitud de calas, de rosas y siemprevivas,
se confunden con las almas, abuelas de muchas lunas.

Mi fe enredada en el humus de las oraciones,
amarra lagartijas con vibraciones de peces,
y lame la ciudad de piedra.

En mi cielo de mirto y yerbabuena,
mis acertijos de luna,
enredados en mil ríos de silencio,
remontan aún el color, color del arcoíris,
en busca de un follaje de luz entre las sombras.

AMAR

El crucero zarpará a las doce. Nela y Antonio registran documentos. Chequean el equipaje.

No sé qué hago aquí con Antonio. Esta brisa salada me lo recuerda. José, cómo te extraño. No puedo olvidarte.

    —El sueño de mi vida. Hacer un crucero contigo. Seremos muy felices.

    ¿Qué le pasará? La siento ausente.

    —Nela, Nela. Mira aquella gaviota. Es libre. Se aleja hasta el horizonte. Fíjate. Tiene un aire de princesa, como tú. Irás conmigo hasta el horizonte. Este es nuestro vuelo.

    Él no sabe de este amor, que me consume, que me tortura. Tampoco sabe que no hay horizonte, que nunca se llega. Sin embargo, estoy aquí.

    El barco rompe el mar. Su garganta apunta al cielo, con un gemido ronco. Amarra un nudo de diversión y sal.

El vuelo de Antonio y Nela se sumerge en la vida artificial y fascinante del crucero. Violines trenzados con candelas y frutas tropicales acarician a Mozart. Juegan con Brahms y digitan emociones. Parejas que huyen del ozono danzan sobre metatarsos olímpicos y comparten con auras evangélicas la luz de la energía.

    El vuelo de Antonio y Nela se sumerge. El alma de Nela se diluye en el recuerdo de José. Su pensar alcanza Alaska, donde José remonta papelotes de recuerdos.

FANTASIA O VERDAD

Me sucedió una vez y se los voy a contar.

Ese día desperté de pronto. Mi cerebro lanzaba ondas, para mis desconocidas. Mis ojos estaban plenos de luz.
Caminé hacia la cocina. Al entrar capté un panorama extraordinario. Desde mi pequeña Babilonia, descendía hasta la cocina, un ejército de dinosaurios. Fijé mi vista en ellos. Nos comunicamos por medio de la luz que emitían mis ojos. De ella dependían sus vidas. Una realidad acumulada durante años de historia permitía a mi cerebro, reproducir un pasado milenario.

¡Los dinosauros estaban tan ocupados! Traviesos, se revolcaban en una arcilla de grano fino, formada a partir de lodo endurecido. Resbalaban en rocas sedimentarias, de arenas depositadas en un antiguo rio, mar o desierto.

Los más pequeños eran criaturas simples, casi microscópicas. Salían del horno de microondas, y gritaban: ¡Déjennos salir, salir, salir! Su voz era chillona y sorda. Otros, marcando períodos paleolíticos, se colgaban con sus largos cuellos de las agujas del reloj.

Los de origen Cretácico, carnívoros, exhibían sus garras y entraban y salían del congelador, comiendo carne congelada.

Los Tigres Colmillo de Sable con los Saltosauros construían con tenedores y cuchillos catapultas que volaban como naves espaciales. Otros surfeaban en hojas de repollo y jugaban al tiro al blanco con escupas.

Los Galaminos resbalaban sus patas montados en cucharas. La pila era un rápido y pasaban con sus naves debajo de puentes construidos con cajas de macarrones. Algunos viajaban en tazas, otros en platos, transportando huevos de un lado a otro.

Inmensas lagartijas colgaban de las rejas de la jaula del canario y se retorcían al ver a los Velociraptos, que estaban subidos en las ramas, haciendo muecas. Otros volaban como si estuvieran en medio de una tormenta.

Un grupo de Triseratops montó una orquesta con macarrones y los Megalosaurios bailaban sones hawaianos cerca del horno, y jugaban a los carros chocones. Volaban por la cocina, gritando, Supermán, Supermán. Los más traviesos, pero con mente técnica, construyeron con el ventilador un helicarro. Iban por el aire, a máxima velocidad, chocando contra todo.

Los Tiranosaurios Rex pronunciaban un discurso protestando por su representación en el Parque Jurásico, y los Albertosaurios los bombardeaban con palomitas de maíz.

De pronto parpadeé, y la escena desapareció.

ANDREA

Camina por los corredores de la Universidad. Viste pantalones de mezclilla azul y una blusa de seda que le regaló su mamá.

Revolotea en su mente el parloteo de una indecisión: ¿Iré, o no iré? En ese grupo estaré cerca de Sebastián, pero eso de la droga me horroriza. Soy fuerte. Nada me hará cambiar.

Hablaré con Luisa. Ella va a esas fiestas. Será por eso que la noto tan cambiada. No ha vuelto a la U.

Yo tenía su teléfono. Perdí la agenda.

Qué frio! Cómo no me puse la chaqueta. Entraré en la clase.

—Hola Sebastián.

—Hola Andrea. ¿Vendrás con nosotros esta noche? Anímate, será una buena experiencia. Ya sabes, somos un grupo "in".

—Está bien, iré.

No es tan grande como pensé.

—Ven, Andrea, vamos a la barra. Cerveza. Toma, prueba un éxtasis.

Percibo mucha energía. ¿Será la música? Me arrastra este sonido. Floto.

Andrea alucina. Se transporta. Juega con espacios y con tiempos. Viaja por mundos cibernéticos. Pájaros azules, verdes y rojiamarillos aletean en la mente de Andrea del éxtasis al desamor. De la vida a la muerte. Surcan espacios sin tiempo. Sin futuro, sin pasado. En la dimensión sin nombre de la nada.

—¡Sebastián! ¿Dónde estoy? No dejes que este sonido me trague. ¡Mi mente! ¿Dónde está mi mente?

115

¡La perdí! Perdí mi mente. ¡Volví! ¡Volví!
La mente vuelve a Andrea transformada. Suplica entre sollozos: Devuélveme al aquí. Devuélveme al ahora.

El cuerpo de Andrea, sin edad, cuenta abriles entre soles sostenidos.

La policía invade el local. Andrea busca su cedula. Al abrir el bolso, cae un éxtasis.

El éxtasis termina.

DIVAGAR

Se acerca el año 2000. Ahora, estoy en la Red.

¿En la red? ¿Cómo llegue aquí? ¿Quién me trajo?

¿Qué hago aquí? ¿Seré real o virtual?

Esto es algo emocionante. ¿Me habrán clonado?

¿Seré un intento prolongado de la realidad virtual?

Aquellos carros corren hacia mí. Alcanzan sólo mis sentidos. Mi mente da vueltas, empujada por emociones.

¿Emociones?

¿Cómo puede haber emociones artificiales?

Digo, ¿virtuales?

Ahora estoy en un precipicio que me arrastra. Sufro vértigo.

Me apasiona sumergirme en este mar artificial.

Estoy en una guerra. Me atacan. Disparo y aniquilo. Gozo. Disfruto y gano cupones.

¿Qué compraré?

Nada me interesa. ¿Volveré de este mundo de fantasía?

Que digo, ¡De fantasía!

Ella no sabe ya si es real, o virtual.

Divaga. Piensa.

Su mente elige y todo su ser sube y baja en laberintos de emoción.

Asciende por toboganes de aire y es lanzada luego por el agua hacia el océano.

¿Seré real o virtual?

Me sostengo y soy presa del miedo.

¡Me muero! ¡Me muero! Esta vez sí es de verdad. El espanto de todo esto me rodea.

¿Qué digo? Me envuelve y me atrapa, me hace dudar.

Me hunde en el vacío de mis miedos y otra vez emerjo a la realidad.

Gano muchos cupones y no me interesa comprar.

¿Dónde estará mi futuro?

Mis genes que vivencian esto… ¿Guardarán memoria? ¿Evolucionaré con recuerdo?

Ojalá no me clonen exacta.

¿Que cuáles genes quiero conservar?

Que no me pregunten, porque no sabré.

LAS CAJAS DE BRENDA

Brenda necesitaba un rincón. Un rincón para escribir. Un rincón sin lámparas, ni tafetanes, donde encontraran el alma, sus pensamientos. Desocupó el escritorio. Contempló la caja de bosque tallado. Aquella caja en la que las heridas de gubia habían cicatrizado con la sabia sublime de la forma. La contempló y la guardó con las otras cajas en el armario.

—¿Por qué me encierran? ¡No hice nada inconveniente! Me siento triste. Tengo una gran nostalgia. Recuerdo cuando Brenda, mi dueña, me puso en el escritorio. ¡Qué ilusión sentí!

Brenda llamó a su nieto.

—Sebastián, Sebastián, mira. ¡Compre la Caja! La vamos a compartir. Guardaremos en ella nuestra colección de monedas. ¿Qué te parece?
—No, abuelita, pondremos en ella palabras.
—¿Cómo? ¿Palabras?
—Si palabras. Todas las nuevas palabras que vamos descubriendo. Haremos una colección de palabras. Las sacaremos del mundo maravilloso de las ideas y las pondremos en la caja que así, se convertirá en nuestro cofre. Tendremos un tesoro que, en lugar de gastarse, será infinito.

Así, la caja de bosque tallado se convirtió en un tesoro con vida propia. Abrió canales de comunicación y de enriquecimiento personal para ambos. La caja escuchaba diálogos hermosos y los guardaba. Su sabiduría llenaba espacios insondables.

Ahora, la caja de bosque tallado no quiere estar

119

guardada en el armario. Siente que le han lastimado su autoestima. Hace lo posible por hacerse amiga de las otras cajas y entabla con ellas un diálogo amistoso.

—Ven, sol ecológico. Cuéntame. ¿Cómo naciste? ¿Quién te hizo? Pienso que ha de haber sido un artista. Alguien muy versado en la talla de madera. Eres realmente una obra de arte.

—Gracias, tienes razón. Soy muy bella. Pero lo que tú no sabes es que yo también soy antigua. Te contaré mi historia.

Provengo de un país maravilloso, en el que el tiempo marca sólo dos estaciones. Una lluviosa y otra seca. Esto hace que este país de América Central, Costa Rica, posea bosques húmedos exuberantes, que producen maderas muy finas. Mi origen data de muchos años atrás. Tú, en cambio, eres más reciente. Surgiste cuando la ola de turismo, que mi dueña, hábilmente, intuyó cuando me hicieron a mí, ya se había consolidado. Mi historia, además, está ligada al desarrollo del país del que ambas provenimos. Lo recuerdo muy bien. Nací en un taller de artesanía. Mi estructura ya estaba bastante avanzada cuando llegó la mujer que me había encargado. Buscó a José, el artesano. Sacó de un bolso unas tablas de maderas preciosas de diferentes colores naturales y un dibujo, el mismo que, después me entere, era mi diseño. Aquella mujer, habló largo rato con José. —Escúchame bien, le dijo—. En muy poco tiempo, voy a inaugurar la primera tienda de artesanía nacional en este país. Necesito una pieza que muestre las maderas de Costa Rica. Te traje cedro, laurel, cocobolo y surá. Mira que bellos colores naturales tienen. Combínalos de acuerdo con el diseño y trabaja la talla, como solo tú, sabes hacerlo. Tengo mucha expectativa con esta pieza.

Como podrás ver, soy el resultado perfecto de un proceso de trabajo artesanal elaborado en equipo.

—Estoy realmente impresionada.. Pero, cuéntame

¿Cómo llegaste a las manos de Brenda?

—Ya verás. Me llevaron a una tienda muy grande el día en que la inauguraron. Fue una gran fiesta. Hubo música y brindis. Llegó mucha gente importante del país. Conocí al Ministro de Turismo y también al Presidente de la Republica quien me tomó en sus manos y habló mucho rato de la importancia que tiene la artesanía para el desarrollo del país. Yo me asusté mucho, porque pensé que se iba a quedar conmigo. Gracias a Dios no fue así. Cuando todo terminó, me colocaron en la mejor vitrina de la tienda.

La tienda era enorme, con grandes ventanales que daban a una avenida que llamaban, La Avenida Central. Pasaba mucha gente por ahí. Todas las personas entraban a conocer aquella tienda tan novedosa.

Una semana después, entró la dueña a la tienda y dijo: —Se casa Brenda. Yo iré de madrina y estoy pensando en el regalo que le hare—. Ahora recuerdo que el día de la inauguración ella se fue enamorada de la caja de madera tallada que hizo José. Y dijo: —¡Eso le daré!—. Así fue como llegue a las manos de Brenda. Ahora entiendes porque me llamo "Suvenir" y no "Sol Ecológico" como tú me dices.

—Gracias, Suvenir, por compartir algo de tu vida. Y ahora, que te parece si le decimos a Ilán que nos cuente algo de su historia.

—Hola Ilán. ¿Te gustaría contarnos algo sobre tu vida?

—Me trajeron de México, llegue a Costa Rica, en donde pensé que iba a ser solamente una caja cualquiera, comprada por un turista. Pero no fue así, fue Brenda quien me compró. También ella fue quien descubrió en mi interior un arpa grabada con una inscripción en cuarzo blanco, que nadie lograba descifrar. Por ello, me llevó a un museo de antigüedades, en el que descubrieron mi origen.

Así fue como me di cuenta que, en realidad, procedo de Asia, y que soy producto del capricho de un rey músico, quien poseía un arpa que, cuando alguien la oía, inmediatamente caía en un extraño éxtasis.

La leyenda cuenta que el poderoso rey Quialong, quien ostentaba el reino de la Ciudad Perdida, y a quien llamaban *hijo del cielo* se había enamorado de la princesa *Fragante"* a quien su ejército le había llevado como un valioso botín de guerra. Curiosamente, la princesa *Fragante* estaba envuelta en un perfume seductor. Si alguien se le acercaba quedaba hechizado. La joven princesa, no correspondía al amor del rey, quien sufría y lloraba por todo el palacio, tocando el arpa misteriosa, la que también se había impregnado de la misma fragancia. Ni aun así el rey había logrado hechizar a la princesa. La madre del rey, *Isadora la Grande*, juró vengarse de quien hacia sufrir a su hijo y mandó matar a la princesa.

La ahorcaron en un árbol del jardín. El árbol se volvió fragante. Florecía cada día. Su sensación de frescura inundaba el jardín con un perfume que atraía pájaros, mariposas y abejas.

El rey mandó llamar a todos los artistas del reino y les pidió que hicieran cajas con las maderas del árbol. Yo soy una de ellas, y por eso me llaman Ilán Ilán.

—Gracias, Ilán.

—Antes de oírlas a ustedes, yo me consideraba la caja más interesante de todas las cajas, por representar a una de las siete maravillas del mundo. Pero ahora, he cambiado de actitud y creo que si tengo algo interesante, se debe a que soy el símbolo de un gran amor que vivió una pareja de la India hace muchos años. Soy muy cálida y suave en mi interior, pero todo lo que represento está en mi tapa. Mírenla, es el Taj Mahal. Y ahora escuchen.

Cuenta la historia que el príncipe *Shahan*, heredero

122

del Gran Imperio mongol, se enamora de *Munta*, la que fuera su esposa durante dieciocho años, y quien muere al nacer su hijita número catorce. El príncipe cae en una horrible depresión y jura construir, en su memoria, el mausoleo más imponente sobre la tierra. Así, el Príncipe construye el Taj Mahal, el mausoleo más grande del mundo, aún hoy. Los nativos lo llaman El Poema de Amor en Piedra. Mi tapa guarda esta bella historia de amor.

Las cajas de Brenda somos en realidad una gran familia. Creo que somos más de cien. Por eso pienso que, cualquier día, nos volveremos a ver.

snow fountain press

Otros títulos de esta colección:

Pas de Deux
Relatos y Poemas en escena
Lizette Espinosa, Shely Llanes, Yiya Ortuño, Pilar Vélez

Brevísima y verdadera historia del Almirante
y su primer viaje
María Zamparelli

Soles Manchados
Pilar Vélez

Ese mar que me vence
Odalys Interian

Expreso del Sol
Pilar Vélez

Aviario
Crónicas y Maravillas
María Zamparelli